有机生活

【法】吉普 ◎ 著 ／ 艾迪斯·香彭 ◎ 绘

梅思繁 ◎ 译

别担心！！

浙江人民美术出版社

译者前言
Preface / 梅思繁
成长的美丽与澎湃

　　这是一套向即将走入，或者已经走入青春岁月的年轻生命们，讲述关于成长中的万千情感，各种疑惑，生命和社会的难解命题的丰富小书。这同时也是一套所有的成年人也许都应该拿起来读一读的有趣作品。它会让已经远离青春岁月的成年人，重新记得这段人生中的特殊时光。它更会令成年人懂得青春期的复杂与不易，让他们更好地陪伴在孩子们的身边，度过这段既美好又时常充满动荡与变换的时期。

　　主人公索尼娅是个11岁多的女孩。她聪慧、敏感，喜欢新鲜事物，充满着生命力。父母的离异带给这个刚刚告别童年的女孩，对成人世界的各种不解，以及印在她心中的深深的伤痛与失落。家庭与父母给予她的在童年时的支撑与力量，随着父母的分离，瞬间消失了。她又恰恰在此时，走入了青春期——一个自我意识与身份在这一时期开始逐渐形成的，生命中尤为重要的阶段。

　　跟随着索尼娅的校园生活，我们会看到，索尼娅和她的同伴们作为当今法国乃至整个西方社会的青少年，他们看待世界与社会的眼光；他们对独立的自我身份与话语权的要求；他们在情感上的诉求；他们对大量传统观念和事物的反叛，以及对新生的电子与科技社会的追随和融入。

　　这套书的两位作者，用最贴近现实的图画和语言，刻画了法国青少年的生存状态与面目。在这种毫无掩饰的真实讲述里，有一些话题也许会让我们的中文读者（尤其是成年人）觉得不那么自在。比如故事里涉及的青春期的两性情感问题，比如这些孩子对电子游戏与其他电子产品的沉迷，比如他们对传统文学的陌生，对嘻哈音乐的狂热……

　　我非常理解，我们的成年读者在读到这样的情节时，刚开始的时候会产生一些不首肯和淡淡的反对情绪。我作为一个在法国社会生活了十多年的成年人，我同样有着对于"索尼娅"们的态度和行为，有我的不认同和保留。但是当我仔细地观察一下我身边的"索尼娅"和"艾罗迪"，我不得不承认，两位作者在这套书里的刻画是无比真实与形象的。

我猜想，作者秉承这样坦诚的创作态度，是为了让青少年读者在这套书里找寻到他们对主人公的认同感。每一个青春期的孩子都会在这套丰富的作品里，读到自己的影子。这些主人公的快乐与烦恼，也是天下所有青春期的孩子们在经历着的丰富情感。作者的毫无隐藏，更是为了让所有的成年人，放下我们对青春期的各种偏见，用专注与理解的眼神去读懂青春期的孩子们的情感、诉求和对社会与成年人的期待。

索尼娅和她的同伴们，有着青春期群体的任性妄为、自以为是等缺点。但是他们同时拥有蓬勃的生命力、创造力，和勇于打破不公平的社会秩序，为那些少数以及弱小群体呐喊、争取权力的大胆和真诚。他们生在一个高科技和电子化的时代，自然而然地，对于传统社会的价值观念、生活方式甚至娱乐方式，他们都是不了解并有点嗤之以鼻的。但是一旦当他们读到雨果的诗歌，当他们亲身感受到田园生活的美好，他们有一颗比成年人柔软得多的心灵，会毫不犹豫地接受并且拥抱传统。

当我们读完索尼娅和她的同伴们的故事，我们会发现，这些看似离经叛道的年轻生命，其实与任何一个时代的青春期孩子都是一样的。他们以他们的方式，在寻找着属于自我的独立身份与人生轨迹。一切的反叛也好，惊世骇俗也好，绝不是他们的终极目的，而只是他们在面对成长中的巨大转型时的某种难言的不知所措。这些时常宣称自己已经非常独立的"索尼娅"们，在这个生命阶段，内心所寻求的恰恰是成年人与传统价值的智慧的理解与引领。

我相信，我们的青春期的少年们，在读完这套精彩出色的作品以后，会不由自主地偷笑起来。他们在这些故事里读到了他们的日常生活、内心隐秘、欢乐与悲伤，他们更会在这些故事里找到很多困扰他们已久的各种人生与社会问题的答案。

我也相信，我们的成年人们，在读完索尼娅和她同伴们的故事以后，会用一种全新的眼光来看待他们身边正在经历着青春期的孩子们。他们会智慧地站在孩子们的身边，让他们的成长之路走得更加美好、有力、蓬勃。

索尼娅

11岁半，和妈妈住在一座大城市里。经常光顾快餐店，最喜欢的食物是热狗以及三层芝士汉堡。

丹尼尔叔叔

爸爸的哥哥，单身。他住在远离城市喧嚣与污染的农庄里，种植有机蔬菜，在巴兹拉的市场出售。巴兹拉属于克勒兹省。叔叔家没有网络。

阿尔特

11岁，是个健康快乐的人。他生活在乡村，父母是耕种者。他喜欢骑越野自行车以及进行一切户外活动，热爱自然和那些如花一般的年轻女孩。

萨罗梅

12岁，嘻哈音乐及说唱爱好者。在女孩们面前装得像个英俊男孩。索尼娅的第一追求者，当然如果有特殊情况发生，他也会退居第二位……

城市里的孩子们早就对噪音与污染习以为常了。他们生活在一个网络无处不在的环境里，人们连蟋蟀与蚂蚱都无法区分了。

至于索尼娅的饮食习惯，还是别提了。妈妈试着让她每周吃些新鲜的蔬菜，根本就是白费力气。

马上就要放假了。很久以来，索尼娅做梦都想去美国。她最想做的事情是爬到帝国大厦的最顶上，看一场美式棒球赛。然后一边喝可乐，一边狂吃热狗。

不过，这只是一个梦而已……

纽约、热狗……还有什么其他花样呢？

妈妈根本没打算把女儿送到世界的另一端去。

目前，索尼娅需要的是纯净的空气和健康的食物。这一学年还长着呢。

你马上要出发去乡村一个星期。

去农民的家里？！

哦，我的天……

没什么可商量的，妈妈是个倔强的人。索尼娅出发去丹尼尔叔叔家，一个在乡村深处的地方。她把手机紧紧地攥在手里，它是唯一一个没有背叛过她的朋友。一切都发生得非常快，她的朋友艾罗迪甚至都不知道索尼娅要离开了。

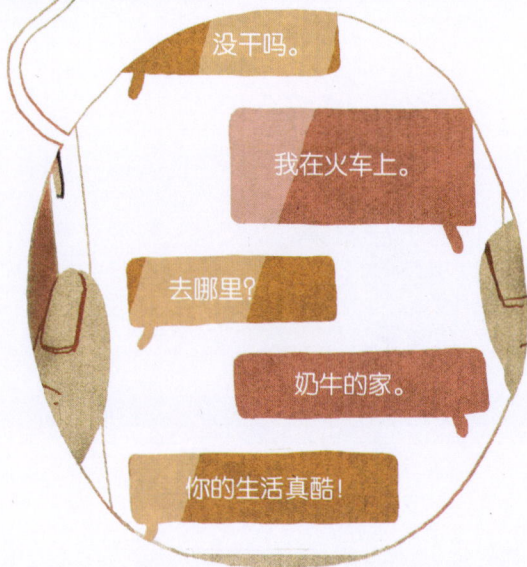

透过玻璃窗，索尼娅最后望了一眼城里的风景。用不了多久，房子和高楼都将消失，取而代之的只有一望无尽的田野，那些她只在奶酪盒子上才见过的大个头牲畜。

瞧，奶牛来了……

索尼娅已经很久没有见丹尼尔叔叔了。上次见到他的时候，索尼娅还只有六七岁，那是在一次全家的聚会上。

这个老单身汉并没有像索尼娅担心的那样，开着拖拉机出现在火车站。叔叔甚至穿上了他最好的衣服。他的脸圆圆的，看上去气色极好，像个番茄。

肯定是妈妈告诉他的，太丢人了……

叔叔住在一栋简洁干净的农舍里。石头的墙壁上环绕着紫藤，门前有几只母鸡在自由地啄着食物。

听说在世界杯决赛期间，美国人在一天时间内消费了1.25亿只鸡翅。蘸点番茄酱和蛋黄酱，按照学校里好朋友们的说法，这东西实在是太美味了。

真令人失望！这天晚上，索尼娅的晚餐里没有美式炸鸡翅，只有水煮蛋。一个刚从母鸡屁股里跑出来的黄色蛋黄。

我一点都不饿。

叔叔让索尼娅睡在屋顶下的一间小房间里。夜幕降临，蚂蚁爬在护壁板上，蝴蝶轻轻敲着窗户。窗户外，猫头鹰低声地叫着。

咕咕，咕！

索尼娅蜷缩在床上，她真有点想哭。她忘记把她的平板电脑带来了，连电影都不能看。她肯定自己一定会无聊死。过不了多久，他们就会找到死在蜘蛛网里的她了。

而这个时候，有的人正在享受生活呢。电影刚刚散场，她的朋友们正和心上人一起散着步。索尼娅不在的时候，萨罗梅看起来玩得可高兴呢……

要在一百多公里以外继续和大家保持联系，这是不可能的事情。俗话说："人不在眼前，心自然离得远。"索尼娅走了没多久，大家就玩得几乎快要忘记她了……

第二天一早，索尼娅决定打电话给父母。她可受不了了，一整个晚上都没睡着，而且还被蜘蛛叮了，她想立刻离开这个地方。

索尼娅无聊地在农舍附近一圈圈地走着，她的电话好像根本无法连接外部世界。她的父母、朋友、男朋友，没一个接电话的。这个世界都快消失了。

索尼娅的父母虽然分开了，但是所有的决定都是他们共同做的。上火车离开家的时候，索尼娅看起来那么绝望，她甚至擦了擦眼泪。

父母常常以为自己的决定是为了小孩好。可是对于一个青春期的女孩来说，让她和朋友们分开，这真是一种惩罚。于是，妈妈想到了让索尼娅原谅自己的方法。

你觉得这能让她高兴起来？

我敢肯定。

这几天，爸爸整理着索尼娅的房间。妈妈怀孕的时候是爸爸打理了一切：上油漆，购买餐桌、床、家具……那个时候的他们还很快乐。

乡村的白天总是显得特别漫长。索尼娅帮叔叔在菜园里捡蔬菜，这些蔬菜上尽是泥土，生菜上爬着鼻涕虫，西红柿上也尽是些小虫子。

晚上得把鸡赶到鸡窝里去。有一只叫拉琪达的母鸡，她的性格可坏得很，总是拒绝下蛋。叔叔说要是她还是这样子，总有一天把她放进锅子里煮了。

总反叛的那个是你吗？

咕咕咕……

索尼娅每天早上都试着用手机打电话，但是一点用都没有。丹尼尔叔叔说，如果她要手机有信号的话，得去附近的村庄，离农庄大概4公里的距离。于是，索尼娅决定试试。

可别迷路了。

别担心！！

索妮娅骑着叔叔的旧自行车穿过乡村。

　　突然，一个崭新的世界诞生了。这是一个空气芬芳、鸟儿歌唱的世界。这些鸟儿可不是城市里那些瘸腿的鸽子，而是站在枝头的松鸦、乌鸦、黄色的小山鹊。四周一个人都没有，索尼娅有种行走在第四空间的感觉。

人都去哪里了？

看来注定事情不如她预料的那样，自行车的锁链断了。索尼娅坐在地上等待着。

能不能就这么一次，事情能像她希望的那样发展？能不能跑出来一个天才帮助她这个小女孩？正好这时候，阿尔特骑着自行车从村子上回来。

自行车修好后，阿尔特提议索尼娅一起骑一段路。

不知道这个头发乱七八糟的男孩，脑袋里都在想些什么？

反正索尼娅是不急着打电话让大人来接她了，她觉得挺高兴的。没有人来烦她，没有爸爸妈妈，也没有总是在装帅哥的萨罗梅。从前的那个世界不复存在了。

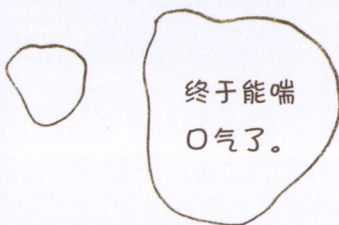

终于能喘口气了。

阿尔特把自行车停在一片豌豆
地边上。豌豆绿色缠绕的茎叶如同
仙女的头发。

他轻轻地剥开豆荚，在索尼娅
的嘴唇上放上了一颗甜美的豆子。

索尼娅闭上了眼睛。她想着，
她有身体、一个鼻子、一张嘴。然
后她觉得，她恋爱了……

这时候呢……妈妈正开心地笑着，因为爸爸的鼻子上满是油漆。良好的气氛又重新回来了。总听那些青春期的小孩讲话，让大人也记住了他们各种奇怪的表达。

索尼娅房间里的装修结束了。
爸爸和妈妈决定去餐馆庆祝一下，这已经很久没有发生过了。

争吵过，喊叫过，然后他们发现他们一起走过了一程。那是一段还不算难看的路程，和一个与他们相似的小孩一起。

我们还是可以手拉着手吧。

可以。

丹尼尔叔叔为索尼娅找到了一件她可以做的事情，每天晚上由她来负责照看母鸡们。她给她们吃东西、喝水，然后为她们讲一个睡前故事。

这个故事讲的是一只愤怒的母鸡，她像是中了魔法一样……

有一天，来了一位公主……

这天早上，索尼娅非常自豪地把拉琪达下的蛋拿给叔叔看。这个蛋她非常愿意在晚餐的时候吃掉它，配黄油面包。

索尼娅赶去赴约。早晨的太阳温暖地照耀着大地，自然的气味真好闻。阿尔特和索尼娅把自行车放在栅栏边。

爱情在这片蓝色菊花和红色罂粟花的包围下显得格外浪漫。

这天，阿尔特教索尼娅在手指间放一束青草，只要吹一口气就能让它们悠然地歌唱起来。

他还教她从小菊花上把叶子一片片摘下来，最后总是会……

这天晚上，索尼娅的胃口非常好。她自己煮了拉琪达下的蛋，用沸水煮3分钟。

丹尼尔叔叔则准备了番茄塞肉，它们看起来像一个个圆滚滚戴着帽子的小娃娃。

你知道明天就要离开了吗？

明天就要走了？那么快！

索尼娅最后一次来和母鸡们说话，然后她回房间睡觉去了。她从来也没有觉得那么幸福过。

她把鼻子贴在窗户上，最后一次听着"咕咕咕"的声音。

也许是猫头鹰的叫声，

也许是藏在花园里的阿尔特在叫她……

咕咕咕……

无论如何，他们一定会再见面的！

叔叔开车送索尼娅到火车站。

　　火车穿梭在田野间，"哞哞哞"叫着的奶牛和草地上芬芳的花香味很快就将消失了，取而代之的将是难看的楼房、排放大量尾气的汽车和那些手里拿着手机像机器人一样走路的人们。网络无处不在的世界又要回来了。

　　正好，这时候索尼娅收到了萨罗梅发来的信息。

一路上，索尼娅小心地抱着她的双肩包，里面有她从农庄带回来的礼物。

爸爸妈妈来火车站接她。索尼娅很高兴，因为他们看起来很愉快。

你的气色真好！

怎么样，说给我们听听！

我交了个好朋友！

爸爸没能开车来，因为这天的空气污染指数达到高峰，得像所有人一样坐地铁。不过索尼娅觉得这挺好的！

接下来的几天，索尼娅的嘴里依然会充满了豌豆甜美的滋味，罂粟花淡淡的香气也依然会环绕着她。

确实是一个惊喜！

索尼娅的房间被整个翻新了一遍，装饰成了美国主题，让人有种身处纽约"超级碗"（美国职业橄榄球大联盟的年度冠军赛）之日的感觉，就差鸡翅和热狗了。

啊！

爸爸妈妈虽然好心，但总是慢了好多拍。一个星期的时间内，已经发生了很多变化。

好吧，

我也有一个惊喜给你们。

妈妈

独自抚养女儿。她购买了很多有机食物，是本地农业组织协会的会员。她的感情生活十分谨慎，也不反对与前任重归于好。

爸爸

39岁的离婚男士，丹尼尔叔叔的弟弟。会自己动手装修房子，十分怀念前妻怀孕的那段时间。

拉琪达

奥皮顿种的母鸡，个性温和，讨人喜欢。和所有的母鸡一样，她喜欢听关于仙女的故事。

唐纳德·特朗普

美国总统。正是他推翻了米歇尔·奥巴马为了抵制肥胖制定的营养计划，要知道每六个美国青少年中就有一个有超重问题。

献给所有

即将进入青春期的孩子们

合同登记号：

图字：11-2018-14号

图书在版编目（CIP）数据

有机生活 /(法) 吉普著;(法) 艾迪斯·香彭绘；梅思繁译. —— 杭州：浙江人民美术出版社, 2019.1

（成长的烦恼）

ISBN 978-7-5340-7279-6

Ⅰ.①有… Ⅱ.①吉… ②艾… ③梅… Ⅲ.①儿童故事—法国—现代 Ⅳ.①I565.85

中国版本图书馆CIP数据核字(2019)第011040号

责任编辑： 张嘉杭

责任校对： 黄　静

责任印制： 陈柏荣

有机生活

［法］吉普　著 / 艾迪斯·香彭　绘

梅思繁　译

出版发行：浙江人民美术出版社

　　　　　（杭州市体育场路347号）

网　　址：http://mss.zjcb.com

经　　销：全国各地新华书店

制　　版：杭州真凯文化艺术有限公司

印　　刷：浙江新华数码印务有限公司

版　　次：2019年1月第1版·第1次印刷

开　　本：710mm×1000mm　1/16

印　　张：2.5

字　　数：10千字

书　　号：ISBN 978-7-5340-7279-6

定　　价：20.00元